더 맑아져
꽃이 되겠지

더 맑아져 꽃이 되겠지

초판 1쇄 인쇄 2020년 1월 2일
초판 1쇄 발행 2020년 1월 5일

지은이 최남수
사 진 최남수
펴낸이 전익균, 강지철

이 사 김기충
기 획 백현서, 조양제
관 리 김영진, 정우진
디자인 블루웨이브
편 집 김 정
교 육 민선아
마케팅 팀메이츠

펴낸곳 도서출판 새빛, 유피피코리아
전 화 02)2203-1996 **팩 스** 050)4328-4393
출판문의 및 원고투고 이메일 svedu@daum.net
등록번호 제215-92-61832호 **등록일자** 2010. 7. 12

가 격 12,000
ISBN 978-89-92454-73-5(03810)

• 도서출판 새빛은 새빛에듀넷, 새빛북스, 에이원북스, 북클래스 브랜드를 운영하고 있습니다.
• 파본은 구입처에서 교환해 드리며, 관련 법령에 따라 환불해 드립니다
다만, 제품 훼손 시에는 환불이 불가능합니다.

이 도서의 국립중앙도서관 출판시도서목록(CIP)은 서지정보유통지원시스템 홈페이지(http://seoji.nl.go.kr)와 국가자료공동목록시스템(http://www.nl.go.kr/kolisnet)에서 이용하실 수 있습니다.(CIP제어번호: CIP2019051153)

우보(愚步) 최남수 디카시집

더 맑아져
꽃이 되겠지

글·사진 최남수

프롤로그

시작은 자전거였습니다. 계절과 시간을 가리지 않고 한강 라이딩을 했습니다. 마음의 '분리수거'를 하기 위해서. 아름다운 풍경이 시선에 포착됐습니다. 사진기를 잡았습니다. 그러다 마음에 고이는 어설픈 시심을 사진에 얹어보았습니다. 디카시를 쓰게 된 동기입니다. 가슴의 렌즈로 사진을 찍고, 그 위에 시를 덧칠해온 열매가 이번에 출간하는 첫 시집 〈더 맑아져 꽃이 되겠지〉입니다. 어설픈 시와 사진을 내놓는다는 게 부끄럽습니다. 사진과 시는 저에게 삶의 '처마 밑'입니다. 바람이 불고 파도가 칠 때 이 처마 밑으로 피했습니다. 사랑하는 가족에게 첫 시집을 드립니다. 부족한 시를 흔쾌히 세상에 내주신 출판사 관계자분들께 감사의 말씀을 드립니다.

2019년 12월

최남수

더 맑아져 꽃이 되겠지

목차

04 프롤로그

—

11 나에게 시란
12 예인
14 기억
17 절벽 위에 섰거든
19 도강
22 고향의 시선
24 엄마
26 아버지
29 임진강에서
31 깨금발
33 비상
35 동행
36 추수감사절의 기도
39 하늘의 동공
40 바다 앞에서
41 엇갈리는 시선
44 깐밥
46 매듭
47 노을 접속
48 당신
51 더 맑아져 꽃이 되겠지
52 뿌리
54 전환
56 유영하는 밤
58 자전거
61 그래서 하늘만 보자고
63 경춘선 숲길
67 단풍
69 두물머리
71 깊은 춤
72 이끼
73 추억을 저장하는 방식
74 가을 빨래
76 노을의 시
78 눈물
79 편지
80 벚꽃 개화
81 침묵
82 바닷가 정류장
83 동면
84 마모
85 정금 같은 꽃

86 착지
87 빛나는 굵힌 몸
88 하늘 둥지
89 가을 잠자리
90 곡예
91 주저하는 봄
92 햇빛 충전
94 나무의 기도
97 낙엽 편지
98 추위 삼매경
99 연잎 대화
100 환한 꽃
103 처마 밑
106 마중물 꽃
109 밀담
111 겨울 산
113 해동
114 가을 안 타시나요?
116 그날
118 억새의 자맥질
119 건목
120 내공
123 깃발
124 바람과 자작
127 겨울 손금
128 바람은 하나도 버릴 게 없었다
131 그대 오늘은
133 요철 맞추기
134 나무의 생
137 굳은살
138 겨울 소묘
141 파도와 바위
142 바다
145 무늬
146 목련
148 꽃의 의식
150 나무의 표정
153 꽃잎
154 덧칠
157 밤 분수
159 훈수
—
160 에필로그 '성취'에서 '의미'로
162 추천사 눈으로 보는 것, 마음으로 보는 것

제1부

절벽 위에 섰거든

나에게 시란

나에게 시란
언어로 파낸
마음의 판화이다
얼기설기 생의 조각들
한몸된 모자이크다
가슴의 빗물
한 데 몰리는 도랑이다
한 올 한 올 날려 보내는
삶의 습기이다

시 한 줄 뚝 떨어졌다
한 생이 묻어난 채로

예인

하루가 예인되고 있다
노을이 펄럭이는 낮의 폐막식
석별의 마음은
바다 위에서 잦아들고
밤의 안색이 짙어지는 물결 위로
별빛은 눈뜰 채비를 하고
나는 그제야 꽃을 꺼내 든다
깊은 곳에서 무언가 끄집어내는 반복적 의식
잡힐 듯 잡히지 않는
하루가 예인되고 있다
밤의 땀구멍이 열리는 항구로

기억

삶이란 그리 돌고 도는 것
인연이 억겁(億劫)이 되도록 흐르고 흘러
돌아본 그 길 끝이 없지만
걸어갈 그 길도 알 수가 없어
오늘도 별을 보며 하늘을 울어
또렷한 기억마저 날려보거늘
별빛은 간데 없고 어둠만 깔려
눈으로 길을 열어 걷는 오솔길
이 밤도 쉼 없는 발길
마음은 한없이 바빠만지네

절벽 위에 섰거든

땅에서 눈을 떼라 너는,
깨진 유리 조각 같은 말들과
할복 같은 선고에서 등 돌려
바람에 마음 결을 내주고
마른 눈망울에 젖은 꽃을 심어
퇴화한 날개
하늘로 하늘로 펼쳐보아라
헛되이 찢겨 나간 꿈은
별빛의 치유에 맡기고
겨울 한기에 갇혀 있던 마음
이젠 자유의 결에 흐르게 하라

온몸에 힘을 빼 끝없이 추락하라
너의 떠오르는 부력은
바닥에 닿아야만 눈을 뜨거늘
깨달음은 늘 완행이고

회생은 더디게 오지만
겪을 걸 겪어내야 솟아나는 새 살
끊긴 길 이어가는 건
눈꺼풀 벗겨진 새 시선
관성의 껍질을 벗어
스스로 일으킨 원심력,
새길로 곧게 튀어 올라라
직립보행은 늘 제힘으로만 시작되거늘

도강

강 건너 불빛에 네가 마음 흔들리면
아직 강을 건너온 것이 아니다
노 저어온 악착같은 힘줄은 결의에 가득 차고
돌린 등, 숨을 참아 앞으로만 쏠려갔지만
어디 삶이란 게
발걸음으로만, 등으로만, 되는 것이던가
가슴의 숯불은 여전히 꺼지지 않아,
피어오른 연기에 시린 눈망울은
한 번만 더 한 번만 더
지난 자리를 맴도는데
그 흔적에서 열꽃은 몸을 숨겨 피어나는데
겨울은 갔는가 하면 또 와있고
바랄 수 없는 봄은 짧기만 하다
앞으로 나아간다는 건
얼마나 잦은 뒷걸음질 속에서
밤을 새워 찍어낸 옹이 자국인지,

잡아당기는 뒤를
달래며 나아가는 느린 보행인지,
강 건너 불빛에 마음이 흔들리면
아직 강을 건너온 것이 아니다

고향의 시선

고향에 오면
도시의 시력이 흐릿해진다
앞으로 앞으로만 바라보던

수십 년을 한걸음에 내지르시며
어머님은 소담하게
추억의 노를 저으시고

할아버님 낮잠에
햇볕도 꾸벅 졸던 대청마루

언제 큰 대자로 누워봤던지
바짝 마른 부산한 마음

젖은 고향 품에 안기면
이번도 어김없이 무장해제다

엄마

엄만 빨랫줄 같아
왜?
맨날 젖은 빨래 걸려있을 뿐
다 마르면 떠나가는 자식들 뒤로
휑하니 빈 줄 흔들리고

엄만 바닷가 바위 같아
왜?
파도로 부딪쳐온 아픔 다 받아주고
물기 남긴 채 세상 향해가는
자식 등 밀어주기 바쁘고

엄만 주파수 같아

왜?

구멍 난 맘 언제든 채널 돌리면

마음의 탯줄 그 파동 열어

진자리 매만져주고

섬백리향처럼 새포름한, 빈 하늘만 채운다

아버지

눈앞 선하다
눈 단장한 교정 한 구석
자전거 세워 둔 중년
그 아슬아슬한 탐색
햇빛으로 쓰인 합격자 이름들
이, 저기 내 아들
이십 년 실향의 아픔 환하게 녹아내린다
늘 먼발치 무뚝뚝한 모습
마음이 닿기 어려웠던 평안도 아버지
그가 언 땅에 뜨겁게 서 계셨다

임진강에서

평북 정주군 곽산면 석동리
할아버님 할머님 아버님 그리움이 납골돼 있는 곳
저 4백 미터 강폭에 하늘이, 땅이 끊긴 곳
호흡이 멈춰서야 비로소
둥지로 되돌아간 영혼의 귀소(歸巢)
평북 정주군 곽산면 석동리

깨금발

시가 지붕에 걸려
넘어가지를 못한다
요즘은 왜 이리 목에
걸리는 게 많은지
지붕 넘어 소음은
저녁 들판에 잦아드는데
내 시의 텃밭은 깨금발해야
보일 듯 말 듯하다

비상

새가 날 수 있는 건
시선이 하늘에
매달려 있어서이다
땅에 매인 게 없어서이다

동행

터벅터벅 걷다 보면
바람은 찬데
등이 따뜻해진다
바위투성이 언덕 넘는 길
가슴은 쥐가 나는데
발길은 한결 나아진다
밤길 함께 걸으며
빛을 더 가까이 비춰주신 당신
무거움을 깊게 삼킬수록
잔잔해짐을 깨닫게 하신 당신
겨울을 지나지 않고는
새 살이 돋지 않음을 알게 하신 당신

추수감사절의 기도

숨이 가쁜 언덕길과
다리가 풀리는 진흙탕 길도
짐을 같이 짊어주셔서
건널 수 있었습니다

어둑하기만 한 길과
찌르려고 날 세운 가시덤불도
손잡아주셔서
넘어갈 수 있었습니다

땡볕과 바람과 서리의 터널을 지나
탱글탱글 숙성된 가을의 열매 앞에서
아직도 떫은 저를 알게 하시니
감사합니다

가을의 살갗인 단풍이 떨어지고
그 살갗들로 인해 또 다른 세월이 열리듯
아물어가며 뚜벅뚜벅
하늘을 보며 새길을 걷게 하소서

하늘의 동공

산등성이 오르고
눈 앞을 가리는 안개 헤치며
해가 얼굴을 편다

높아졌다가 낮아지길
날마다 되풀이하며
깊게 다져지는 하늘의 동공

결빙의 계절에 단 하나 남은 생의 불씨
시간의 밭을 데워
봄을 끝내 피워내는

바다 앞에서

멈춰선 침묵이 열쇠였군요
당신과 대화를 여는

발길 끊긴 곳에서
당신은 더욱 선명합니다

제가 썰물이 되고
당신이 밀물이 되면

엇갈리는 시선

마음은 저쪽이나
몸은 이쪽으로 가고 있는 짐승이 있다.
조상 때부터 내려온 DNA가 심장 깊이 박혀
따로 노는 몸과 마음 탓에
태어나면서부터 시선은 두리번거렸다.
손에 뭔가를 꽉 쥐고도
하늘을 보는 눈은 휑했다.
초. 초. 초고속의 빠른 회전에도
흙 한 톨 떨어트리지 않는
중력의 힘은 얼마나 강한 것인지
그 눈빛조차 바닥으로 휘어지게 하는 건
땅으로선 식은 죽 먹기였다.

일상화된 패배

모두가 엇갈리는 시선
한 켠에서는 그래도
어긋난 몸과 맘을 맞춰보려
끙끙대는 소리가 커지고 있다
그 압도적인 한파 속에서도
꺼지지 않는 불씨가
몸을 비비고 있다
짐승은 절벽에서도 몸을 내민 질긴 풀처럼
목이 꼿꼿해져
하늘 보는 횟수가 늘어나더니
눈을 흘기지 않고도 먼 곳을 바라볼 수 있다

모든 패배는 일어남의 첫 자리

깐밥

쌀밥, 빛이 나게 익어가도록
마지막까지 뜨거움 삼키며 제빛 내어준다
물기 끝내 제 몫 되지 않아도
입 쩍쩍 갈라지며 바싹바싹 거북 등 되어간다
솥뚜껑 열리면 몰려나오는
하얀 김 위로만 손길 몰려들 때
끝까지 바닥 지켜 마지막 수저 기다린다
삶은 뜨겁게 물기 빠지면서
바닥 견디는 법 배우면서
깐밥이 되어가는 일 아니던가

*깐밥 : '누룽지'의 전라도 사투리

매듭

누군가 날 묶었다고
아우성만 쳐왔다
어둑어둑해져서야 스스로 묶은
매듭이 보이기 시작한다
그리 쉬 묶었던 매듭이
왜 이리 풀리지 않는 걸까

노을 접속

순간과 순간이 얽혀
여기까지 왔다
날개 없는 나는
비행을 바라볼 수밖에 없어
물살에 휩쓸리지 않은 노을에
날 묶어놓고 왔다

당신

뺑 뚫린 내 마음
당신이 날 잡아주는
손잡이가 되었습니다
그 당겨주는 손에
제 마음 열리고 그 틈으로
당신이 파종됐습니다
우린 서로에게 씨앗입니다
바라보는 눈빛을 꽃으로 피운

더 맑아져 꽃이 되겠지

꽃 피면 바라보다
지면 거둬들이는 그런 시선 말고
피든 지든 늘 한결같은 시선
어긋난 마음 한 곳으로 모아
그 길로 당신 앞으로
뚜벅뚜벅 되풀이하다 보면
언젠가 다 가지런해지겠지
더 맑아져 꽃이 되겠지

피든 지든

뿌리

뿌리 깊은 나무 앞에 서면
내 뿌리를
몰래 들춰보게 된다

전환

이만치 흘러왔다
부서져서야 잔잔해지는 물결
바닷가 새는
지나온 거릴 노래하고
무더위에 땀 흘렸던 소나무는
스쳐 간 바람을 나이테로 삼키고
그렇게 단층이 쌓여가는 세월
창호지 구멍 뚫어 하늘 올려다보는 눈
이젠 조금씩 커져가는가

유영하는 밤

시간이 멈춘 순간
한 번 와본 듯한 어색함으로
기억 저편 실타래 풀어보지만
태워도 태워도
그리움은 잔불로 맴돌고
저어도 저어도
한참을 제자리걸음
밤은 어둠에 가위눌려 있고
가냘프게 뜬 달만이 고개를 두리번거린다
까마득한 숨결 울렁대는 밤

자전거

삶의 무게로 페달을 밟는다
맞바람엔 몸 낮추고
고갯길에선 마음의 먼지를 내뱉는다
달린 거리만큼 세상은 저만치
내릴 때 가벼워지는 이륜의 마법

그래서
하늘만 보자고

세상 입 다물고
하늘만 소리 내는 밤
소음에 포박됐던 의식이 풀려난다
세상의 수위는 한껏 내려가고
한 켠 한 켠 비어가는 마음 터엔
하늘 손길 닿은 새살
밤비가 덧칠해가는 그 길
그래서 하늘만, 하늘만 보자고

경춘선 숲길

열차가 자리를 비운 길
빈 땅만 생기면
건조한 건물이 진압군처럼 올라가는데
철길 숲 쉼터로 내어줘
도시의 삶에 숨통을 열어 준다

서울과 춘천을 오갔던 길목 위론
쇠약해져 가는 갱목이
겪어온 세월을 넌지시 말하고
어디서든 기죽지 않는
강아지풀은 바람에 몸을 흔들며
나의 어린 기억을 호출한다

제각각의 삶의 무게로 철길을
오갔을 마음은 이젠 사라진 지 오래인데
가냘픈 꽃 한 송이 몸을 세워

걷기로 무게 덜어져 가는 마음에
반갑게 손 흔들어 준다

숲길을 걷다 보면
새소리, 바람 소리
자유함은 늘 곁에 있는 데
그 수도꼭지 열어 자유를 맛보는 건
늘 자신의 선택이다

어릴 적 철길 놀이터
하얀 연기 뿜으며 움직이던 열차엔
동심이 실려 가는 입석 자리가 있었다.
그 빛바랜 입석 표를 쥐고 중년이 된 나는
닿기 어려운 먼발치를 바라보고만 있다
어쩔 수 없이 늘어가는 그 거리를

제2부

빛나는 갉힌 몸

단풍

봉숭아꽃 꽁꽁 싸매면
손톱 물들었듯
단풍 꽁꽁 싸매면
마음 물들까

두물머리

밤새 수장(水葬)된 마음 곧추세운 아침
안개 그물에 걸린 햇살 스멀스멀 스며나온다
그림자 골무로 시린 곳 가려보지만
그물코 온기 닿아야 비로소 풀려나는 몸
버려야 따뜻해지는 비서(祕書) 하나 띄워놓고 왔다

깊은 춤

바람에 맞서다 밀리다
한 생의 몸짓
깊은 춤이 됐다

휘어진 만큼
나무는 바람을 안다
바람은 나무를 안다

이끼

이끼도 걷는다
바닥에 누워
제 몸 옆으로 굴려 가며
바위 하나 덮고 나면
생의 고개 하나를 넘은 거다
자란 만큼 녹색 짙어지는 오체투지

추억을
저장하는 방식

거미줄에 가을이 누워있다
거미가 추억을 저장하는 방식이다
가슴에 듬성듬성 노을 쳐놓아야겠다

가을 빨래

마를 만큼 마르니
겨울이 걷어가 버리는
가을 빨래
묵언의 매달림 끝
떨어져서야 비로소 한 소리를 낸다

바스락

노을의 시

낮이 소란스런 산문이라면
노을은 짧게 빛으로 쓴 시
남은 시어 다 뱉어내며
소리와 빛 삼키며
어둠 앞에 백기를 든다
동이 튼다는 것은
매일 찾아오는 부활의 서곡이다

눈물

질끔 한 방울
연잎의 눈물
꽃으로 고여 있다

편지

햇빛이 쓴 손편지를
바람이 배달하고 갔다
그늘에서만 읽혀지는 글을

벚꽃 개화

봄의 뚜껑 열리자
튀밥 터지듯 피어나는 벚꽃
겨울 용기 안에서
생명의 수위 높이니
껍질이 가둬두질 못한다

침묵

동떨어져 의연하다
작은 잎새 두 조각
바람 견뎌내며
떨림조차 잦아드는
야무진 침묵

바닷가 정류장

하루짜리 노선을 달려온
금빛 햇살이 정차하는 곳
낮이 썰물로 하차하면
밤이 밀물로 승차하는 곳
노을에 쏀 마음만 내내
뒷짐 지고 머물러 있는 곳

동면

허리 꺾은 채
머리 눈 속에 묻어
겨우 내내 마음 깨우고 있는
연꽃 동면

마모

더 다가서기 위해
잘리고
깍인
생의 건강한 마모

정금 같은 꽃

단순한 게 깊은 거다
잘라낼 줄 아니까
언제 옹골진 꽃 하나
피워볼 수 있을까
긴 흔들림 흩뿌리고
다져 올린 정금 같은 꽃

착지

매달려 한 번 보고
착지해서 다르게 보고
배울 게 많은 가을의 시선

몸 낮춰
겨울 올 길목 열고 있다
마음 몇 자락 떨구면
어떤 길목이 열릴까

빛나는 갉힌 몸

이제 시작인데
서둘러 헤지는 잎새
빗물 머금고
가을을 숙성하고 있다
가볍지 않는가
젖어서 빛나는 갉힌 몸

하늘 둥지

먼길 내려와
꽃잎에 둥지 튼 빗방울
하늘도 꽃은
지나치질 못한다

가을 잠자리

가을엔
잠자리도 물이 든다
날아다니는 단풍이 된다

곡예

곡예사 몸 던져 손 내밀면
매달린 다른 곡예사 그 손 마주잡듯
떨어지는 빗방울 뻗은 손
잎새가 마주 잡는
자연의 곡예

주저하는 봄

갑자기 들이닥치는
겨울과 달리
봄은 참
조 · 심 · 스 · 럽 · 게 온다
따뜻한 것들은
원래 그런가 보다

햇빛 충전

저무는 해
빨간 신호에 걸려 멈춰 섰다

가로등은
밤 밝히려 햇빛 충전 중

하루를 달린 길
얼굴이 발갛다

가슴에 햇빛 한 자락
접어 넣는다

나무의 기도

맑아졌는가
단순해졌는가
가벼워졌는가
깊게 뿌리 내려가는
나무의 기도는

낙엽 편지

숲에 조명이 켜졌다
잎새마다 빛으로 끄적인 편지들
하늘도 편지를 쓴다
낙엽이 돼서야 바람이 배달하는
가슴의 글을

추위 삼매경

들판에선
모두가 추위 삼매경
겨울을 읽고 있다

연잎 대화

비 오는 날 소곤거림으로
연못이 웅성거린다
미소 머금은 연잎 언저리
꽃잎 환하게 피어올랐다
오늘의 대화 주제는 꽃!

환한 꽃

옹기종기 한 데
어우러져 묻혀있는 꽃보다
뚝 떨어져서도
빛 머금은 꽃이
마음에 더 환하게 핀다

처마 밑

처마 밑에 정좌한다

젖은 날씨 피하고
비 개기를 기다리는 피난처

한 발자욱 떨어져
세상을 바라보는 관조의 터

나에게 처마 밑이 된
시와 사진

제3부

바람은
하나도
버릴 게 없었다

마중물 꽃

꽃 앞에 서면
가슴이 빗장을 연다
내 마음도 꽃이기 때문이다
잎새 새겨진 미소
잠자던 마음 꽃 깨우기 때문이다
분주함에 저 밑으로 밀려가던 푸릇함
마중물로 길어 올리기 때문이다
꽃 앞에 서면
겨울 이겨낸 기적이 고맙다

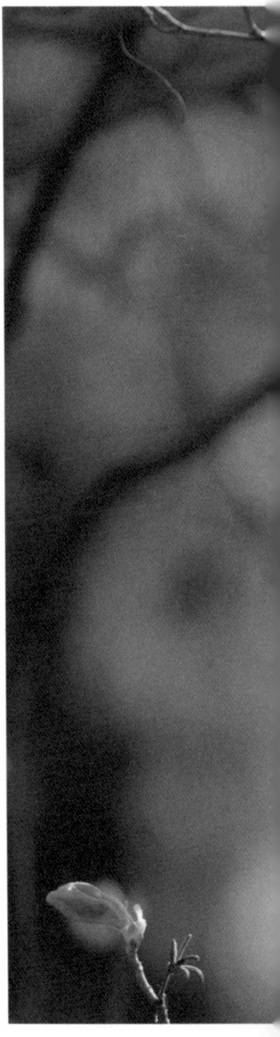

밀담

모두 위만 바라볼 때
온몸 옆으로 눕혀
겨울 강을 다독여온 나무가 있다
침묵의 계절에 밀담을 건네고
바람에 몸 실어
툭툭 건드려보기도 하고
얼어붙은 강이 혼자가 아님을
가장 가까이에서 얼음 밑
봄이 움트는 소리를 들으며
제일 먼저 안색이 펴지는 겨울나무

겨울 산

겨울 산은
한눈 팔 게 없어서 좋다
개울물 소리 묻히고
단풍도 수목장으로 잠들고
가슴팍 품은 바람만으로
사념의 돛을 올려 본다
입 꽉 다문 겨울 산에서 서성이다
꼭 그만큼 키가 자라
마음 꼭 다물고 내려왔다

해동

결빙된 비밀의 대화만이
강 밑으로 흐르고
계절의 암구호를 잊어
바람만 헤쳐보다 발길을 돌렸다
빛 겹겹이 쌓이다 보면
큰 발걸음 한 번으로
경계를 넘는 날이 오겠지
뜨는 해 앞에 서서 봄을
끄적이다 온 매운 밤 그날

가을 안 타시나요?

얼마 안 있으면 막차 떠날
가을 타지 않으면
무엇으로 가슴의 지문 남길 것인가

사그라들 짧은 절정 앞
옷깃 여며 시인 되지 않으면
빈자리 무얼로 채울 것인가

무거워 지면 꽉 쥔 손 펴는
낙엽과 굴러 보지 않으면

습도 높은 가을비와
심장 맞대지 않으면

그날

여름이었다
하늘 보는 시선 열려 가던 그날
꽃은 몸을 감춰 피었다 지고
마음의 지문은 어설픈 땀만 흘려대고
하늘로 하늘로만
꾹꾹 눌러쓴 편지
오늘 같은 여름이었다
구름 붙잡고 바람을 밀어내던 그날은

억새의 자맥질

작은 바람에 흔들려도
한 번도 시선을 거두지 않은 빛 앞에서
비운 심장으로 일어나는 그 날까지
한 생의 자맥질
매일 매일의 기도가 된다.

건목

건목도 제 몸에 물을 들인다
온몸 비틀어
몇 방울 빛깔을 짜낸다
단숨에 내딛지 못하고
멀리 돌아온 길이지만
그래도 결국은 밝힌 등 몇 개

내공

잎새 떨어지니
한 삶의 내공 또렷하다
나무는 겨울엔
선 굵은 표정으로만 말한다
맨몸 맨얼굴의 대화다
겉치레 다 걷히고 나면
나목의 핏줄에 흐르는
지난 시간의 미성들
쭈뼛 귀가 열리는 계절

깃발

익어야 가을
아직 떫거나 설익었으면
가을이 아닌 거지
그래서 닿기 어려운 계절
한 번 들어서면
죽 가을이겠지 하는 희망
그래서 한 생의 끊임없는 지향
그 깃발 보며
떫음을 조금씩 떨어낸다
잠시만 한눈 팔면 두터워지는 그 떫음을

바람과 자작

바람은 스스로
소리 내지 못한다
자작이 몸 흔들려야
비로소 그제야
바람의 성대가 열린다
바람이 자작의 미리를
쓰다듬는 그때

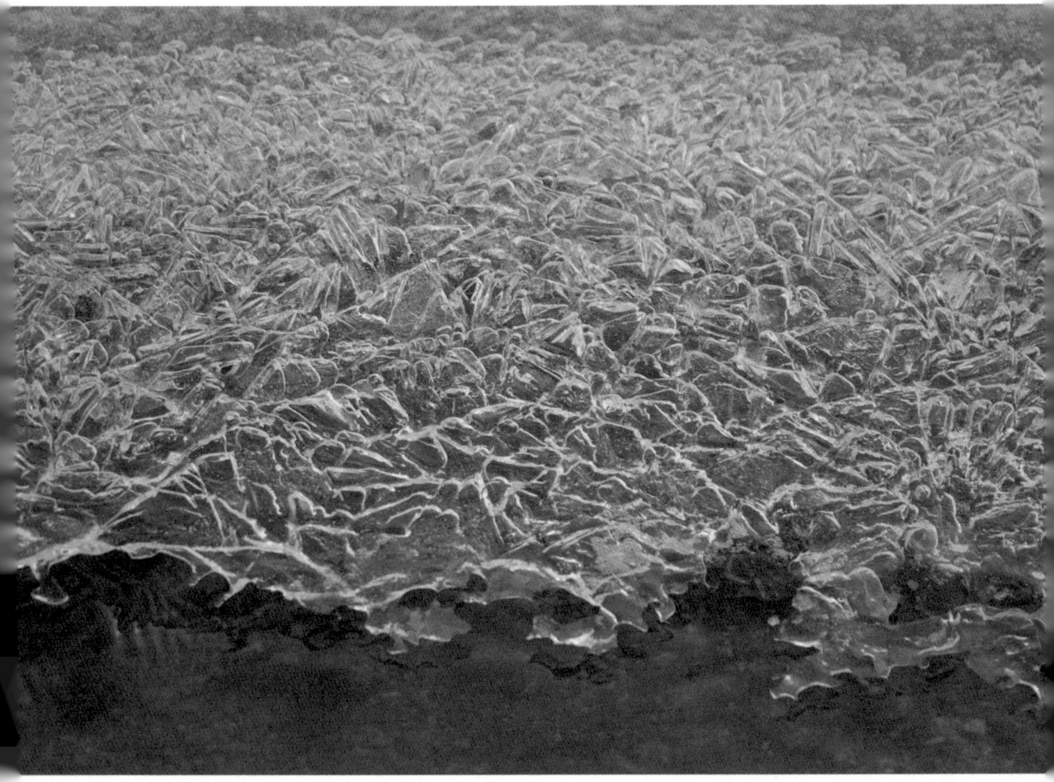

겨울 손금

얼어붙은 호수 위 선명한 겨울 손금
제각각 쥐었던 걸 내려놓은 빈손 위로
깨어난 정신이 가벼워질 대로 가벼워져
묵직한 말들을 걸어오고 있다
한 해 끝자락에서 겨우 눈뜬 마음에

바람은 하나도
버릴 게 없었다

어떤 바람은 따뜻한 손길을
어떤 바람은 상처를 남겼을 텐데
나무는 더욱 단단해져 갔을 뿐
굽어보는 시선은 깊어져 갔을 뿐
바람은 하나도 버릴 게 없었다

그대 오늘은

그대 오늘은
눈으로 오시네요
밤안개 가득 채워
하늘 적시더니
상념 무게 겨워 내게 내리네요
눈꽃 당겨 내 눈빛
봉화로 올립니다
한기 밀치고 겨울을 비워
새싹으로 만나는 그날까지

요철 맞추기

빽빽한 숲보다
듬성듬성한 수풀이 좋다
내 발걸음 보탤 수 있어서

빈틈없는 사람보다
푸석푸석한 사람이 좋다
같이 손잡아 단단해질 수 있어서

꽉 찬 보름달 보다
빈 구석 많은 초승달이 좋다
내 눈빛으로 채울 수 있어서

나무의 생

나무도 표정이 있다
한 자리에서 오래 서서
받아적은 바람의 지문들
한판 춤사위에 시간은 멈춰서고
구부러진 허리로
온전히 끌어안은 세월
허공에 끄적이다가
끝까지 부여잡은
하늘 향한 손

굳은살

굳은살 온 마음에 배겨서야
흐르다 멈출 줄도
상처로 서로 기댈 줄도 알게 된다.
접속의 길이
겨울에 잘 열리는 이유이다.

겨울 소묘

바람 피하기 위해
얼마나 낮춘 몸인지

물길 닿기 위해
얼마나 뻗은 손인지

그대로 생이 돼
얼마나 깊어진 건지

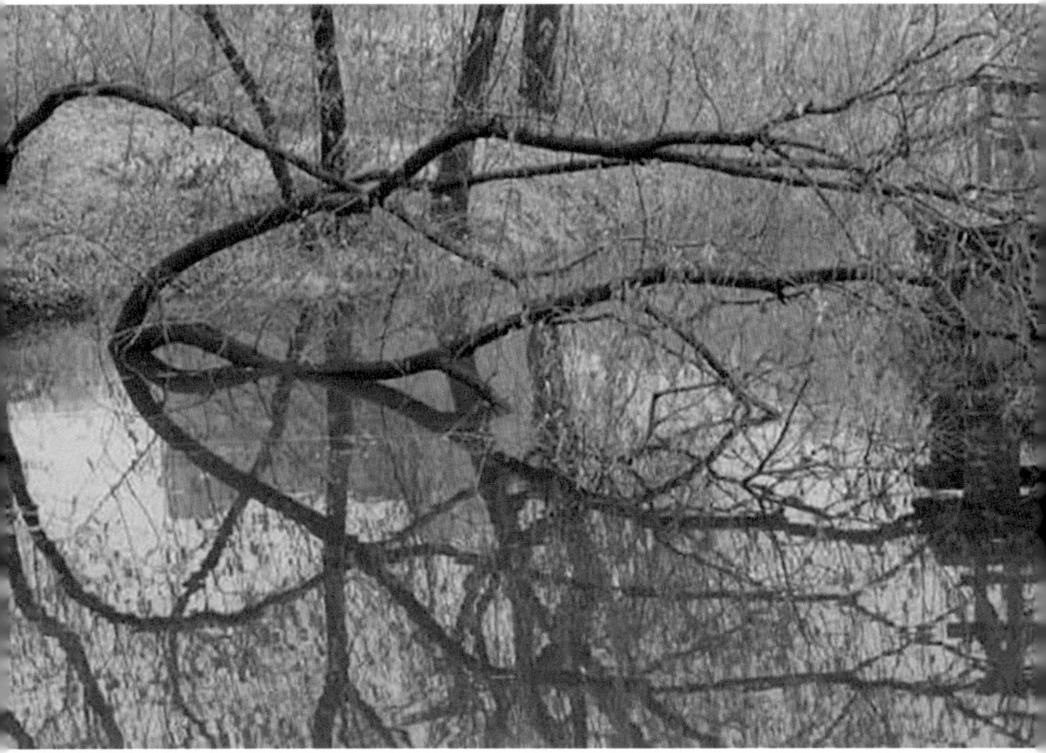

파도와 바위

파도는 바위의 언어다
바다에 잠겨 삼켜온 언어의 자락들
한 점 한 점 바다에 쓸려 들어가고
부식된 언어들은 파도가 되어
제 몸을 채찍질할 뿐
언제 말이 구름이 돼
바다를 굽어볼 수 있는지
바위는 오늘도 한 움큼
말을 삼켜 넣는다

바다

바다는
물결로 말한다
가슴의 뭍에 닿을 때마다
흩어 퍼지는
꾹 참아온 그 슬픔
뱉었다 다시 삼켜
묵상의 바다로 되돌아가는

무늬

소리를 켜고
뭍으로 무너지는 파도
제 몸으로 한 폭의 무늬 그리고서야
비로소 다시 일어서 돌아서는

몸을 일으켜 세우는 것은
단단해진 무늬다

목련

짧게 한껏 터트렸다가
제 머리 쉬 내려놓는 절정의 단막극
여름에 피어 가을의 물꼬 트는
장편의 장미도 뜨겁지만
단편 한편의 단호한 낙화
쉬 사그라지지 않는 그 울림

꽃의 의식

꽃은 언제나
흔적 위에서 피어난다
떠나간 것들은 바람으로 남아
연약한 줄기를 휘감지만
차갑던 철로 위론 때가 되면
빛의 운행이 시작되고
흐느적거리던 빈터에는
가냘픈 꽃 한 송이
허공을 밀어내며 고개를 든다
간밤에 흘린 땀 냄새 위로
꽃이 피는 것은 늘
자욱을 지우는 의식이다

나무의 표정

이파리 무성했던 가을엔 몰랐다
제각각인 나무들 표정
듬직하게 굵은 줄기 뻗기도 하고
가는 가지만 볼품없이 휑하기도 한
곧게 하늘만 올려보기도 하고
한눈팔다 옆길로 새버리기도 한
끝끝내 한두 잎새 지켜내기도 하고
다 내주고 칼바람에 싹둑 잘려있기도 한
가을 겉옷 벗겨진 겨울나무 앞에서
가려진 날 바라보다
나무들 눈길 얼른 피해버렸다

꽃잎

가을이 바람에 날려
꽃잎처럼 떨어졌다
묵묵히 두 팔 벌린 강물 품으로

밤으로 가는 길목
그렇게 우린 서로를 확인하고
삶은 뒤가 아닌 앞에 있음을
눈빛을 물들이며 바라보았다

강물이 하늘에 끌려
스스로 노을이 되었다
바라보는 건 늘 씨앗이 되므로

덧칠

제 몸 던진 추상의 붓질
지웠다 다시 처음부터
그려지는 그림은 없다
한 방울 한 방울의 지루한 덧칠이다
생을 바꿔 가는 건

밤 분수

분수도 물들며 떨어지는 늦가을 밤
한강은 계절의 절정을
먼바다로 실어 나르고
소란한 도시는
겨울이 와야 겨울인 줄 안다
허튼 말을 흘려보내고서야
긴 밤 앞에서 비로소
놓친 언어들을 물끄러미 쳐다본다
가을을 방생하는 의식은
그래서 늘 가슴이 시리다
겨울은 달빛에 걸려 멈칫멈칫하고 있는데

훈수

절정에서
무욕의 내려놓음

심장을 지키기 위한
미련 없는 결단

화려함을 무게로 느끼는
흔쾌한 추락

얇아지고 있는 가을
큰 훈수 두고 자리 뜰 채비이다

아직도 잔뜩 짊어진 짐이
등에 얹혀 있는데

에필로그

‘성취’에서 ‘의미’로

“삶은 뒤가 아니라 앞에 있다” “진정한 느림은 포기를 포함한다” 온몸을 던져 실크로드를 걸었던 베르나르 올리비에가 ‘나는 걷는다’에서 한 말입니다. 저에게 묵직한 울림을 주었습니다. 자주 걷습니다. 사색하고 끄적거려봅니다. 마음의 렌즈가 움직이면 셔터를 눌러 풍경을 담습니다. 보도사진 작가 마크 리부는 “아름다운 풍경을 바라보고 사진에 담는 것은 시를 읽거나 감상하는 것과 비슷하다”고 했습니다. 결국 시와 사진은 가슴에서 발원한다는 공통점이 있습니다. 미리 알고 한 건 아니지만 공교롭게 제 삶과 생각의 접점이 사진과 시에서 만났습니다. 어설프지만 시심과 이미지는 저에겐 ‘뒤’를 지워나가는 지우개 같은 도구였습니다. 이제 한결 시선과 발걸음이 가벼워졌습니다. 외길만 있는 줄 알았던 착시도 깨트러졌습니다. 삶의 노선이 다양함을 알게 됐습니다. 아니 눈을 조금만 돌리면 다르게 사는 사람들이 많다는 것을 알게 됐습니다. 무엇보다 소중한 것은 버트란트 러셀이 강조한 것처럼 조용한 곳에 행복이 있다는 사실을 마음으로 이해하게 됐다는 것입니다. 왜 헨리 데이빗 소로가 월든 숲으로 들어가 간소한 삶이 주는 행복을 경험하게 된건지, 실뱅 테송이 문명에서 동떨어진 바이칼 호수 옆에서 추운 겨울을 나면서 '행복한 고독'을 누릴 수 있었는지 이제야 조금 이해하게 됐습니다. 삶의 전반부는 성취를 향해 달린 시간이었습니다. 적지 않은 것을 손에 쥐었는지 모르겠지만 내면을 가꾸는 게 부족했습니다. 이제 삶의 중후반은 의미로 꾸며보고 싶다는 소망을 갖게 됐습니다. 하나님께서 제 삶의 화학적인 변화의 길을 열어주시고 동행해 주시길 기도하고 있습니다. 그동안 정말 많은 좋은 분들이 곁에 다가와주셨습니다. 손 잡아주고 등 두드려준 그 마음에 깊은 감사를 드립니다. 첫 시집에 실린 사진이든 시든 다 부족합니다. 겨울 속에서 해동해온 제 가슴의 속살을 담아보았을 뿐입니다. 낮은 자세로 의미의 씨앗을 뿌리고 주변을 돌아보며 살아가겠습니다. 제 첫 시집과 함께 해주셔서 고맙습니다.

2019년 12월

최남수

추천사

눈으로 보는 것, 마음으로 보는 것

김만수(인하대 문과대 교수)

1

먼저 개인적인 관계부터 밝혀야겠다. 나와 최남수는 지방의 어느 도시에서 마치 꿈결과도 같은 고교 시절을 함께 보냈고, 또 대학 시절에는 한 방에서 자취 살림을 하기도 한 막역한 사이다. 그 시절의 추억담을 쏟아놓으면 한 바구니쯤 되겠지만, 그 자취방에는 많은 친구들이 오갔고 두어 번은 형사도 찾아온 적이 있었던 듯하다. 최남수가 경제학과에서 무슨 심포지엄을 열겠다고 작당하던 무렵인 듯하다. 어쨌든 그런 시절이었다.

나는 문학을, 최남수를 경제학을 선택했지만 그 길이 이토록 달라질 줄은 몰랐다. 나는 대학과 대학원에 10년 이상 처박혀 있다가 대학의 국문과 교수가 되었고, 그리 잘 나가는 편은 못되지만 문학평론을 열심히 하며 문단에도 기웃거렸다. 반면 최남수는 일찍이 생업(?)에 뛰어들어 경제신문의 기자와 방송사의 기자직을 두루 섭렵하는가 하면, 꽤 늦은 나이에 대학원에 도전하여 미국의 명문대학에서 경제학, 경영학의 학위를 따기도 하고, 또 언론사의 임원과 사장에까지 이르는 출세가도(?)의 길을 걸었다. 친구의 소견으로는, 그 출세가 오로지 본인의 노력과 능력의 소산이었기에 너무도 당연한 것이라 생각했는데, 그 출세가도의 허망함이란… 더 말을 잇기 싫을 정도의 수난을 겪으면서 아마 마음의 상처가 컸으리라 생각된다.

자취방에서 이런 이야기를 나누었던 기억도 난다. 경제학은 머리로만 하는 학문이 아니다, 뜨거운 가슴을 가진 자만이 진정한 경제학도가 될 수 있다 등등... 내 친구 최남수의 인생이 똑 그랬다. 그가 명문대 경제학과 출신의 수재임은 누구나 잘 아는 사실이지만, 정말로 뜨거운 가슴을 가진 사람이라는 점.

2

언론사에서 사퇴하고 나온 후 마음의 상처가 크리라 걱정했는데, 페이스북에 계속 사진과 짧은 단상을 올리기에 다행이다 싶었다. 나도 간간히 댓글도 달았는데, 내 댓글이 위안이 되었을지는 의문이다. 예를 들어 그가 올린 시 〈도강(渡江)〉에서 "강 건너 불빛에 네가 마음 흔들리면/아직 강을 건너온 것이 아니다"라고 중얼거리는 대목에 이르러서는 "강 건너왔으면 그걸로 끝이지, 도대체 마음이 흔들릴 게 무어냐?"라고 따지듯 충고하고 싶은 마음 여전하다. 어쨌든 시가 그에게 왔고, 그는 당분간 시의 곁에서(그의 표현대로라면 "시의 처마밑에서") 살아갈 듯하다.

나에게 시란
언어로 파낸
마음의 판화이다
얼기설기 생의 조각들
한몸 된 모자이크다
가슴의 빗물

한데 몰리는 도랑이다
한 올 한 올 날려보내는
삶의 습기이다

시 한 줄 뚝 떨어졌다
한 생이 묻어난 채로

「나에게 시란」 전문

그는 시를 마음을 새긴 "판화"라고 생각하고 삶의 조각을 모은 "모자이크"라고 생각하고 "삶의 습기"라고 생각하는 듯하다. 고개를 끄덕이며 수긍할만한 관점이다. 그 시가 대단한 명작은 아닐지라도 그렇게 시는 존재하고 시 쓰기는 계속되는 것이다.

최남수의 시를 읽어가다가 몇 번 섬뜩한 적이 있다. 첫 시인 「나에게 시란」에서 얼핏 스친 "삶의 습기", 혹은 "뚝 떨어지는" 어떤 눈물 같은 것 때문이었다. 특히 「파도와 바위」가 그랬다.

파도는 바위의 언어다

바다에 잠겨 삼켜온 언어의 자락들
한 점 한 점 바다에 쓸려 들어가고
부식된 언어들은 파도가 되어
제 몸을 채찍질할 뿐
언제 말이 구름이 돼
바다를 굽어볼 수 있는지
바위는 오늘도 한 움큼
말을 삼켜넣는다

「파도와 바위」 전문

그의 언어들은 "바다에 잠겨" 그저 바다에 쓸려들어갈 뿐인데, 그 침묵의 오래된 언어들이 파도가 되어 가끔 드러난다는 것. 궁극에는 그 파도의 흔적이 바위에 기록된다는 것. 그리하여 "바위는 오늘도 한 움큼/말을 삼켜넣는다"는 것. 날마다 글을 쓰면서 세상일에 참견하던 기자 양반이 무슨 한이 있어 침묵의 언어에 갇혀 있었을까. 혹시 그 침묵의 언어는 아무도 귀담아들어주지 않아, 바위에나 기록되어야 했던 것일까. 그 파도와 바위가 섬뜩하고 무섭다.

3

내가 존경하던 한 소설가는 자신이 20대에 썼던 데뷔작을 50년을 훌쩍 넘긴 고희의 연세에도 모두 기억하고 계셨다. 언젠가 술이 거나해지셨을 때, 그 소설의 가장 첫줄에서 가장 마지막 구절까지 거침없이 암송하셨는데, 더구나 그 데뷔작은 한 편이 아니라 두 편이었다. 거의 데뷔 직전까지 갔으나 심사위원이 아직 미진한 구석이 있으니 다시 한 번 검토해보라 해서 아예 다시 썼다는 것인데, 물론 우리 문학사에는 고쳐진 두 번째 작품만 데뷔작으로 남아 있고, 그 최초의 명작(?)은 술집에서 그 암송의 일부를 들은 우리 몇몇의 머리속에만 존재한다.

그분께는 그 두 편의 소설이 아마 청춘의 거의 전부이지 않았나 싶었다. 그는 소설의 어휘 하나, 구절 하나까지 마치 손바느질의 한 땀 한 땀처럼 온몸을 다해 썼을 것이다. 글은 그냥 쓰는 게 아니라 온몸으로 버텨나가는 것이라는 것을 알게 된 그때의 충격은 뭔가 무거운 것으로 한 대 맞은 듯 묵직했다. 글은 아무렇게나 쓰는 게 아니다!

이런저런 이유로 나는 한때 시인이라는 명칭도 아껴 사용하기로 마음먹은 적이 있다. 그 시절의 내 주장에 따르자면, 시는 김소월이나 한용운, 정지용 정도의 시인들이 쓰는 것이며, 나머지 숱한 시인들이 쓴 시는 그냥 '글'이다. 그러니 시인이라는 명칭을 사용하는 것보다는 그냥 '작가'라는 명칭을 사용하는 게 좋다!

그 시절의 내 눈으로 보자면, 내 친구 최남수는 아직 시인이 아니다. 그는 오랫동안 언론과 방송사의 글쟁이였고, 지금도 여전히 많은 글을 쓰고 책을 편찬하는 작가이지만, 아직 시인은 아니다. 시인은, 예를 들어, 정지용 시인은 누군가를 그리워하며 보고 싶어하는 마음을 80년전 쯤에 적어도 이런 정도의 수준에서 썼다.

얼굴 하나야
손바닥 둘로
폭 가리지만,

보고 싶은 마음
호수(湖水)만 하니
눈감을밖에

「호수(湖水)」 전문

눈 감아도 보이는 시의 세계! 그것은 장황한 산문이나 카메라의 눈으로는 그려낼 수 없는 세계이지 않은가.

4

시가 중요한가, 시인이 중요한가에 대해서는 약간의 논쟁이 있다. 시도 일종의 물건인 만큼 그것을 만든 사람의 인격을 거기에 개입시킬 필요는 없고 시를 "시 자체"의 품질로 평가해야 한다는 관점도 있지만, 시는 결국 시인의 마음을 담는 것이니 시인의 마음이 더 중요하다고 보는 관점도 있다. 후자의 관점에 따르면, 시를 쓰는 작업을 통해 좋은 마음을 얻으면 되는 것이지, 정작 시 자체는 중요하지 않다고 볼 수도 있는 것이다. 시에 개입된 기교, 기술을 중시하는 전자의 관점이 다분히 서구적이라면, 시를 쓰는 마음을 강조하는 후자의 관점은 가히 동양적이라 할만하다.

우리의 선조들은 이러한 후자의 마음으로 시를 쓰되, 시를 잘 만들어진 물건으로 보기보다는 자신의 삶의 일부로 보았다.

이는 그림을 그리는 데에도 적용되었으니, 우리 선조들은 그림 속에 말의 뜻을 담았고, 글 속에 마음의 무늬를 담았다. 시서화(詩書畵)는 시의 음률과 글의 뜻과 그림이 함께 만난 것인데, 이러한 전통이 몇 조각의 시적 감성과 디지털 카메라의 융합으로도 이어지고 있는 듯하니 참으로 신기한 현상이다.

디지털 카메라와 시의 만남… 우리는 세상을 도려낸다. 시는 몇 조각의 언어를 동원하여 세상을 도려낸 다음에 재조립하며, 사진 또한 렌즈를 통하여 세상의 빛과 형태를 도려낸 다음에 살짝 굽는 것 아니던가.

시로서의 언어와 그림으로서의 풍경을 함께 담아내고자 하는 최남수 작가(!)의 어떤 시는 내 마음의 그늘에 시서화(詩書畵)의 어떤 조각을 던져준다. 시간이 된다면 작가와 함께 햇볕이 잘 드는 한강변에서 그 편지를 함께 읽고 싶다.

햇빛이 쓴 손편지를
바람이 배달하고 갔다
그늘에서만 읽혀지는 글을

「편지」 전문